D0993123

Méchant lundi !

Catalogage avant publication de Bibliothèque et Archives
nationales du Québec et Bibliothèque et Archives Canada

Mercier, Johanne

Méchant lundi!

(Le trio rigolo ; 20)
Pour les jeunes de 10 ans et plus.

ISBN 978-2-89591-115-9

1. Cantin, Reynald. II. Vachon, Hélène, 1947-   . III. Rousseau, May, 1957-
IV. Titre. V. Collection: Mercier, Johanne. Trio rigolo ; 20.

PS8576.E687M422 2011   jC843'.54   C2010-942284-X
PS9576.E687M422 2011

Tous droits réservés
Dépôts légaux: 1er trimestre 2011
Bibliothèque nationale du Québec
Bibliothèque nationale du Canada
ISBN 978-2-89591-115-9

© 2011 Les éditions FouLire inc.
4339, rue des Bécassines
Québec (Québec) G1G 1V5
CANADA
Téléphone: 418 628-4029
Sans frais depuis l'Amérique du Nord: 1 877 628-4029
Télécopie: 418 628-4801
info@foulire.com

Les éditions FouLire reconnaissent l'aide financière du gouvernement
du Canada par l'entremise du Programme d'aide au développement de
l'industrie de l'édition (PADIÉ) pour leurs activités d'édition.

Elles remercient la Société de développement des entreprises culturelles du
Québec (SODEC) pour son aide à l'édition et à la promotion.

Elles remercient également le Conseil des Arts du Canada de l'aide accordée
à son programme de publication.

Gouvernement du Québec – Programme de crédit d'impôt pour l'édition de
livres – gestion SODEC.

IMPRIMÉ AU CANADA/PRINTED IN CANADA

Méchant lundi !

AUTEURS ET PERSONNAGES :

JOHANNE MERCIER • *Laurence*
REYNALD CANTIN • *Yo*
HÉLÈNE VACHON • *Daphné*

ILLUSTRATRICE :

MAY ROUSSEAU

Le Trio rigolo

LAURENCE

– Rita Nadeau peut vraiment prédire ce qui va nous arriver dans la vie ?

– Pour 40 dollars, tu sais tout, ma fille.

– Tout ?

– Tout.

Rita Nadeau fixait sa boule de cristal en silence depuis une bonne demi-heure déjà. Devant elle, entassées dans une pièce sombre et poussiéreuse, ses trois coéquipières de bowling attendaient ses prédictions. Ginette Laberge avait le fou rire, Thérèse Rochette bayait aux corneilles, ma tante Doris était carrément sur le point de partir. Une demi-heure à regarder quelqu'un qui fixe une boule de cristal sans rien dire, c'est long!

Soudain, le visage de Rita s'est illuminé.

– Je vois! a-t-elle annoncé d'une voix caverneuse.

Les trois autres ont figé.

– Je vois… répétait Rita Nadeau en fixant toujours sa boule. Je vois, je vois, je vois.

Comme il était presque minuit et que ma tante Doris travaillait le lendemain, un peu à bout de patience, elle a demandé:

– Excuse-moi, ma belle Rita, mais pourrais-tu nous dire ce que tu vois exactement?

Minute de silence.

Rita se sentait bousculée. Et on ne bouscule pas les voyantes, c'est bien connu. Elle a tout de même fini par préciser:

– Je vois un trophée.

– Un trophée ? a répété ma tante Doris.

– Sûrement pas un trophée de bowling ! a rigolé Ginette Laberge.

– Oui, un trophée de bowling pour nous ! a confirmé Rita.

– Ta boule a besoin de piles, ma pauvre Rita ! Tu sais très bien qu'on fait partie de la pire équipe de bowling en Amérique ! a affirmé Thérèse Rochette.

Et c'était vrai.

Sourde aux commentaires ironiques de ses coéquipières, Rita Nadeau en a même rajouté :

– Je vois un montant d'argent avec le trophée, les filles ! Je vois des zéros…

– Les zéros, ce sont sûrement les dalots de Ginette ! a fait Doris.

– Mouhahahahaha !

Bref, elles ont bien rigolé, les filles de bowling, ce soir-là.

Mais pas Rita.

Rita Nadeau, elle, n'avait jamais été aussi sérieuse de toute sa vie. Évidemment, vous l'aurez compris, ses coéquipières ne croyaient pas vraiment aux dons de voyance de leur amie. Mais ce n'était même pas nécessaire d'y croire, parce qu'elles ont quand même gagné le trophée un mois plus tard ! Avec 100 dollars !

Une fin de saison de bowling tout à fait inespérée !

C'est du moins ce que nous a raconté ma tante Doris lors de mon souper d'anniversaire. Que venait faire ce récit palpitant de voyante et de bowling ce soir-là ? Mystère. Au bout de la table, mon père soupirait, mes deux frères rigolaient et ma mère, pour être polie, faisait celle qui s'est toujours intéressée aux boules de cristal. Je m'ennuyais. Par contre, mon amie Geneviève, elle, n'avait pas perdu un mot du récit de ma tante Doris. Pour tout vous dire, elle semblait en état de choc...

– C'est comme une sorcière... a bafouillé Geneviève, la voix tremblante.

– C'est un don qu'elle a reçu de sa grand-mère, paraît-il. C'est très impressionnant.

– Rita Nadeau peut vraiment prédire ce qui va nous arriver dans la vie ?

– Pour 40 dollars, tu sais tout, ma fille.

– Tout ?

– Tout.

Geneviève m'a regardée. Je savais exactement ce qu'elle pensait.

– Tu ne voudrais pas connaître ton avenir, toi, Laurence ?

– Seulement si c'est un super avenir, j'ai répondu.

– Faut absolument que je me trouve 40 dollars... a marmonné Geneviève.

Heureusement, on a changé de sujet.

Je croyais en avoir fini avec cette histoire de sorcière, mais quand j'ai soufflé les bougies de mon gâteau, ma tante Doris m'a tendu une enveloppe. Et dans l'enveloppe, il y avait un certificat qui me donnait droit à une consultation avec la grande Rita Nadeau, voyante. Mon cadeau d'anniversaire! Voilà pourquoi elle en avait tant parlé au cours du souper...

– Es-tu contente, Laurence? a demandé ma tante Doris, un peu déçue de ma réaction.

En fait, je n'avais eu aucune réaction.

14

– Je suis contente, mais es-tu certaine qu'elle a un vrai don, ta Rita ?

– Veux-tu voir le trophée de bowling ?

– Tout ce qu'elle va me dire va arriver pour de vrai ?

– C'en est épeurant, Laurence. Si tu savais ce qu'elle m'a révélé quand je l'ai consultée !

– Donne-moi juste un petit exemple…

– Je ne peux rien dire.

– Pourquoi ?

Elle a levé les yeux au ciel.

– Parce que Rita ne veut pas.

– Hein ?

– Rita prétend que si on révèle aux autres ce que l'on sait, on risque de brouiller les ondes cosmiques.

– Qu'est-ce que ça veut dire ?

– Aucune idée, mais je n'ai vraiment pas envie de brouiller quoi que ce soit.

– Ça me fait un peu peur, moi, de connaître mon avenir.

Peur ou pas, ma tante Doris avait déjà fixé mon rendez-vous pour lundi.

C'était écrit sur le certificat.

– J'irai avec toi, m'a proposé Geneviève, tout énervée. Ensuite, peut-être qu'elle va me prédire un peu mon avenir à moi aussi pour le même prix? Hiii!

– Surtout pas! je lui ai répondu. Tu serais tellement le genre à brouiller les ondes cosmiques.

Mon frère Jules m'a trouvée drôle. Pas Geneviève.

Mon rendez-vous avec la voyante était fixé à 9 heures. Je suis arrivée chez elle beaucoup trop à l'avance. Je pensais qu'elle habitait plus loin, j'ai mal calculé la distance, j'ai marché trop vite ou j'étais trop énervée. Je ne sais pas. J'ai appuyé timidement sur la sonnette et quand madame Rita a ouvert, je me suis excusée sincèrement d'arriver si tôt en pensant que, de toute manière, elle l'avait sûrement prédit et qu'elle était déjà prête à me recevoir.

Mais non.

Elle m'a demandé d'enlever mes espadrilles, j'ai mis des espèces de pantoufles en papier bleu, je me suis assise sur son divan noir plein de poils de chat blancs et je l'ai regardée débarrasser la table du déjeuner, passer le balai et vider la litière du chat.

J'étais arrivée beaucoup trop tôt.

C'était tant pis pour moi.

Quand le vieux carillon poussiéreux a sonné ses neuf coups, madame Rita s'est mis un turban mauve sur la tête en disant :

– Bon. On y va !

– Où ? j'ai demandé.

– Mon bureau est au sous-sol.

Je l'ai suivie.

Son bureau, c'était une pièce sans fenêtre, avec des bibliothèques, trois armoires, des piles de vieux journaux, une table, deux chaises et une lampe avec des planètes qui se sont mises à tourner quand madame Rita l'a allumée.

C'était joli, la lampe avec les planètes.

Madame Rita m'a annoncé qu'avant toute chose, il fallait faire le vide.

Avec le spectaculaire désordre qui régnait dans la pièce, je craignais qu'on en ait pour la journée à faire le vide, mais je me trompais. Faire le vide, retenez-le si jamais vous consultez une voyante un jour, c'est prendre trois profondes inspirations, les yeux fermés, en essayant de ne pas penser du tout à ce qui nous attend.

– Thé? a-t-elle fini par me proposer.

– Euh… non, mais peut-être un verre d'eau.

Elle a soupiré.

– Je veux savoir si je te lis l'avenir dans le thé?

– Sinon, ce serait quoi?

– Les cartes, le tarot, la boule de cristal ou les lignes de la main, c'est comme tu veux.

– Vous me conseillez quoi?

– La boule de cristal, c'est ma spécia-
lité.

– La boule, alors.

Autant choisir une valeur sûre.

La voyante s'est levée et elle a commencé à chercher. Partout. Elle ouvrait
les armoires, les tiroirs, elle regardait
même sous la table. Quand elle a
commencé à s'impatienter sérieuse-
ment, j'ai demandé:

– Vous avez perdu la boule, c'est ça?

Elle n'a pas apprécié.

– Quelqu'un me l'a volée!

– Vous ne savez pas qui?

– Non.

J'avoue avoir pensé que ce n'était
pas normal qu'une voyante ne puisse
même pas savoir qui avait pu voler sa
boule de cristal, mais, au fond, peut-

être qu'il lui fallait sa boule pour savoir qui avait pris sa boule. Ce n'est pas si simple, la vie de voyante, quand on y réfléchit. J'ai regardé ma montre. Il y avait déjà une bonne demi-heure d'écoulée et je ne savais toujours rien concernant mon avenir.

– Tant pis! a fait Rita. Je vais te lire dans le thé!

– Parfait! j'ai répondu.

Je n'avais pas du tout l'intention de la contredire. Elle n'était visiblement pas d'humeur. Même que son turban était sur le point de tomber, mais je n'ai rien dit.

Elle s'est dirigée vers la cuisine et je l'ai entendue crier.

– Bon, reste pu de thé!

Elle est revenue avec un jeu de tarot.

– Le tarot, c'est bien? je me suis informée.

– C'est mieux.

– C'est mieux que le thé?

– C'est mieux que rien.

Madame Nadeau a commencé à faire de grands gestes et toutes sortes de simagrées au-dessus des cartes de tarot qu'elle avait étendues en cercle sur la table. J'ai dû en choisir quatre, au hasard, sans réfléchir. Pas facile quand on sait que tout son avenir dépend de quatre cartes tirées au hasard. J'ai hésité longtemps, puis je lui ai tendu les quatre cartes, qu'elle a placées en croix devant elle. Quand elle a tourné la première, son expression a complètement changé. Elle a froncé les sourcils.

Rien de bien rassurant, croyez-moi.

– Une mauvaise nouvelle?

Elle restait muette.

– C'est pas beau ?

Elle fixait toujours la carte.

– Si c'est très grave, madame Rita, je préfère ne pas le savoir...

– Laisse-moi me concentrer !

– S'cusez...

– Tu vas...

Le téléphone a sonné à cet instant.

J'espérais que son répondeur soit branché ou, mieux, qu'elle se serve de son don de voyante pour savoir qui appelait.

Mais non. Elle s'est levée d'un bond pour aller répondre et elle m'a laissée toute seule avec les cartes, l'angoisse et l'odeur de renfermé.

Comme je n'avais strictement rien à faire, j'écoutais ce que racontait Rita au téléphone, et ça bardait, croyez-moi. En fait, elle parlait à un certain Gérard. Il était question de sa boule de cristal qui avait disparu. Elle affirmait qu'il l'avait cachée, qu'il n'avait jamais cru en ses dons de voyante et qu'elle l'avait justement prédit, que ça finirait mal entre elle et lui. Puis elle a raccroché au nez de Gérard.

Quand elle est revenue s'asseoir, elle était rouge tomate.

– Pourquoi tu me regardes comme ça? a-t-elle marmonné.

– Vous avez…

– Quoi?

– Vous avez perdu votre turban.

Elle est sortie de la pièce. Je n'aurais jamais dû lui parler du turban. Je l'entendais bougonner...

– Voyons... où est-ce que j'ai mis ça, encore? Un turban, ça ne disparaît pas tout seul!

J'ai crié:

– C'est pas grave, on peut continuer sans turban, madame Rita.

Elle est réapparue dix minutes plus tard. Sans turban. J'ai fait comme si de rien n'était.

– Bon. On en était où? a fait la voyante. Ah oui! LA MAISON DIEU à l'envers en position favorable pour le consultant avec en position défavorable... voyons voir...

Elle a tourné une autre carte et a annoncé, l'air dramatique:

– LA MORT…

– Avez-vous dit «la mort», madame Rita?

– Chuuut!

– Je vais mourir?

– Arrête de t'en faire! LA MORT, c'est peut-être positif.

– Comment mourir peut être positif?

– Ça dépend de la prochaine carte…

Imaginez le stress…

– Oh là là, a-t-elle murmuré en retournant la carte suivante.

– Quoi encore?

– LE PENDU!

– Qu'est-ce que ça veut dire, LE PENDU? Je vais mourir pendue?

– Pas nécessairement.

– Pas nécessairement pendue? Ou pas nécessairement mourir?

– Arrête de parler, un peu...

– Juste pendue, c'est ça? Pendue, pas morte... ça va être beau!

– Si j'avais ma boule, aussi... Je pourrais préciser. Je n'ai jamais vu des cartes si...

– Si morbides?

– Si nébuleuses.

Pour terminer, elle a tourné la carte du DIABLE et elle s'est pris la tête à deux mains.

– Oh! ma pauvre petite fille!

Heureusement, on a sonné à la porte, ce qui m'a permis de respirer un peu.

– Si c'est le colis que j'attends depuis trois mois, t'es pas mal chanceuse! a annoncé madame Rita en se dirigeant vers la porte.

C'était son colis.

Elle est venue l'ouvrir devant moi, en m'informant qu'elle pourrait maintenant, sans l'ombre d'un doute, préciser mon avenir. « Un cadeau de la Providence », qu'elle disait. Elle avait même retrouvé son turban. C'est vous dire à quel point tout allait mieux et qu'il y avait de l'espoir.

Elle a déchiré le carton, elle a jeté le papier à bulles par terre puis elle a soulevé un petit truc en or avec une chaîne. C'était un pendule. Le visage de madame Rita s'est aussitôt durci. Ce n'était pas du tout celui qu'elle avait commandé. Elle a hurlé qu'elle s'était fait avoir encore une fois et qu'ils entendraient parler d'elle pas plus tard que maintenant! Alors, elle a sauté sur le téléphone et elle s'est entretenue une bonne vingtaine de minutes avec la préposée au bureau des plaintes de la maison de distribution de pendules.

Quand elle est revenue, j'avais fait éclater toutes les bulles.

Madame Rita a regardé l'heure: il était 10h30. Elle a sorti un paquet de cartes à jouer. J'ai pensé: si elle veut faire un petit poker, je m'en vais! Elle a retiré les jokers, elle m'a demandé de bien brasser, de couper les cartes du côté du cœur et elle a précisé qu'elle me ferait des prédictions, mais seulement pour un avenir très proche.

C'était parfait pour moi.

– Je vois une surprise, a vite annoncé Rita en ouvrant les cartes que je venais de lui remettre.

– Une belle surprise, j'espère?

– Je vois une déception aussi.

– Ben là…

– Les cartes te conseillent de rester très, très prudente aujourd'hui, ma fille.

– Prudente comment?

– Brasse et fais un vœu.

– Quelle sorte de vœu?

– N'importe quoi.

– Un gros vœu important pour ma vie ou un petit vœu de rien?

Elle a haussé les épaules.

J'ai brassé les cartes en réfléchissant longuement, même si je voyais bien que madame Rita n'en pouvait plus d'attendre. Que voulez-vous? J'ai le même problème avec les bougies d'anniversaire et les étoiles filantes. Je n'arrive jamais à me décider. Un vœu, un vœu, un vœu, j'en ai des tonnes de vœux à formuler, moi.

– Alors ? s'est impatientée Rita.

– Je ne sais pas trop…

Elle a encore regardé sa montre.

– J'ai un client qui arrive à 11 heures, faudrait que tu te dépêches un peu, ma belle.

– Je l'ai ! C'est un super vœu. Est-ce que je vous le dis ou pas ?

– Donne-moi une carte.

Je me suis exécutée rapidement et elle a déclaré en se levant :

– C'est oui.

– Mon vœu va se réaliser ?

– Oui, mais avec difficultés.

– Mais il va se réaliser ?

– Ce n'est pas pour demain, disons.

– Mais il va se réaliser?

– AAAAAAAAAAAAAAH!!!

Je croyais qu'elle se fâchait contre moi parce que j'insistais, mais comme elle regardait plutôt derrière moi, j'ai osé lui demander:

– Qu'est-ce que vous voyez, madame Rita?

– Ma boule!

Sa fichue boule de cristal était là, sur la dernière tablette de la plus grosse bibliothèque. J'ai failli lui conseiller de rappeler Gérard pour s'excuser, mais je n'ai rien dit. Je suis montée et pendant que je remettais mes espadrilles, on a sonné à la porte. C'était le fameux client de 11 heures. Celui qui avait mis fin à ma séance! Celui qui avait tout gâché. Madame Rita avait retrouvé sa boule et peut-être que s'il n'y avait pas eu cette espèce de client de 11 heures, j'en aurais su davantage sur mon avenir.

Le client de 11 heures a sonné une deuxième fois, madame Rita a ouvert et j'ai eu toute une surprise...

– Qu'est-ce que tu fais là? j'ai chuchoté.

– Je n'ai pas pu résister... a marmonné Geneviève. J'ai pris un rendez-vous moi aussi.

Elle était tout excitée...

J'aurais tellement voulu lui dire de partir en courant alors qu'elle pouvait encore le faire. Que madame Rita n'était même pas une vraie voyante, de ne pas se laisser impressionner par le turban, mais je n'ai pas pu. Geneviève a mis les pantoufles en papier bleu et elle est aussitôt disparue au sous-sol avec madame Rita.

Je suis partie chez moi en pensant que ma meilleure amie était sur le point de gaspiller 40 dollars et que c'était vraiment dommage.

Geneviève a fait irruption dans ma chambre vers 13 heures de l'après-midi. Une vraie tornade ! Elle s'est jetée sur mon lit, elle a expiré bruyamment puis elle m'a annoncé avec émotion en fixant le plafond :

— Je viens de vivre l'expérience la plus extraordinaire de toute ma vie, Laurence !

— Où ça ?

– Chez madame Rita.

J'ai vraiment cru qu'elle me faisait une blague.

– Elle a vu mes parents, ma grand-mère, mon avenir, mon futur mari.

– Dans sa boule ?

– Paraît que je vais avoir trois garçons, dont un qui sera musicien comme son père. Imagine… un trompettiste !

– Elle a vu la trompette aussi ?

– Elle dit que je vais vivre très vieille, que mon mari va être très riche et devine quoi ? Elle est certaine que je le connais déjà !

Puis elle s'est relevée sur ses coudes et m'a demandé :

– Toi, Laurence ? Qu'est-ce qu'elle t'a prédit ?

– Pas de trompettiste millionnaire, en tout cas.

– Raconte!

– Elle a vu la mort, un pendu et le diable.

– Hein?

– Elle ne trouvait plus sa boule, son pendule était en plastique, son turban ne tenait pas sur sa tête, c'était vraiment raté.

Geneviève m'a regardée longuement puis elle a ajouté avec un sérieux qui m'a fait peur:

– Madame Rita m'a parlé de toi, Laurence...

– Elle t'a annoncé que je finirais pendue par les pieds? Je le sais.

– Elle m'a dit qu'elle voyait une catastrophe pour ma meilleure amie, aujourd'hui!

– Une catastrophe?

– Madame Rita dit que la boule ne ment jamais...

Elle commençait à m'énerver un peu.

– Mais on va contourner ton destin, Laurence!

– Comment?

– En faisant tout le contraire de ce que tu décides de faire aujourd'hui! Le destin ne comprendra plus rien.

J'avais une meilleure solution.

– Tu vas décider pour moi, Ge! Ce sera ton destin, pas le mien.

Elle a levé les yeux au ciel.

– Trop tard!

– Pourquoi?

– Parce que c'est toi qui viens de décider que je déciderais pour toi. Il aurait fallu que ce soit moi qui décide que je décide pour toi, sinon tu restes encore prisonnière de ton destin.

– C'est pas un peu compliqué, ton histoire?

– C'est un cauchemar. Il va falloir rester sur nos gardes, Laurence.

– Mais on va au cinéma quand même, hein?

Geneviève a eu l'air profondément découragé.

– Laurence, excuse-moi, mais je pense que tu ne comprends pas du tout la gravité de la situation.

– Si on fait semblant qu'on n'a pas peur des chiens, ils ne nous attaquent pas. Peut-être que c'est pareil avec le destin?

Geneviève a ouvert son sac à dos et en a sorti un bâton d'encens.

– Interdit de faire brûler de l'encens dans ma chambre, Geneviève Fortin!

– C'est pour éloigner les mauvaises vibrations, Laurence.

– Tu te promènes toujours avec de l'encens?

– C'est un cadeau de madame Rita...

J'en avais assez entendu. Je suis sortie. Geneviève a beau être ma meilleure amie, il y a des jours où, franchement, elle en met un peu trop.

– Où tu vas? a crié Ge en galopant derrière moi.

– AU CINÉMA, rejoindre Gamache et Max. Le film est à 15 heures.

– Tu provoques le destin, Laurence!

– Tant pis.

– En tout cas, si tu meurs, ne viens pas te plaindre!

J'ai stoppé net.

– Qu'est-ce que tu proposes, Ge?

– Je pense que la solution la plus sécuritaire, c'est de ne rien faire du tout.

– Beau projet...

On est rentrées.

Gamache a téléphoné pour savoir si on allait toujours au cinéma avec eux, mais quand Geneviève lui a répondu que le destin nous menait ailleurs, il a raccroché. Quand ma mère nous a offert de l'accompagner au centre commercial, j'ai refusé. Quand mon père nous a tous invités à souper au resto, j'ai accepté, mais Geneviève m'a donné un gros coup de coude, alors j'ai décliné l'invitation de mon père aussi. On est restées chez moi, à ne rien faire de notre lundi pour éviter le pire. Mais, le pire, c'est qu'on a carrément gâché notre journée de congé à ne rien faire.

Le soir, tout juste avant de partir, Geneviève a déclaré, victorieuse :

– On a réussi, Laurence ! On a déjoué le destin. Tu n'as pas vécu de grande catastrophe aujourd'hui !

– À part ma visite chez madame Rita...

J'en voulais un peu à Geneviève d'avoir gâché mon lundi. J'en voulais surtout à la voyante qui n'avait, selon moi, aucune espèce de don. La prédiction du trophée de bowling avait sans doute été un pur hasard. La boule de cristal devait être du toc. Le turban, c'était de la frime.

Geneviève a ouvert la porte, mais l'a refermée aussitôt.

– Oh! J'ai oublié, Laurence! Madame Rita a prédit autre chose pour toi et moi, en regardant dans sa boule de cristal.

– Quoi encore? Pas une catastrophe pour demain!

– Elle a vu qu'on resterait des amies toute notre vie.

J'ai souri…

– Elle est vraiment très forte, madame Rita, je lui ai dit.

– C'est ce que je pense aussi, a affirmé Ge.

YO

Le capuchon plein d'eau,
les cheveux trempés, je
sens un filet glacé me
couler entre les omoplates.
C'est la douche froide…
mais je «bouille» !

L'automne, des fois, il fait pas mal froid et on ne peut pas encore s'habiller en hiver. Alors, moi, en plus de mon coupe-vent, j'enfile un passe-montagne. Un passe-montagne, c'est super pratique. C'est comme une cagoule, mais au lieu d'avoir trois trous pour les yeux et la bouche, il y en a un seul grand pour toute la figure. Une sorte de capuchon, quoi.

Le mien est gris et il me fait une petite pointe au-dessus de la tête. Avec mes gants sans doigts, j'ai l'air d'un vrai « Yo ». Ça adonne bien, c'est comme ça que tout le monde m'appelle.

Ce matin, planche à roulettes sous le bras et sac d'école au dos, je sors de chez moi. Un violent nordet soulève des tourbillons de feuilles mortes et une pluie fine me fouette le visage. Les dents serrées, je dépose mon *skate* sur le trottoir et je comprends vite que j'ai avantage à serrer le lacet de mon passe-montagne si je ne veux pas qu'il se remplisse de feuilles. Je «zippe» aussi mon coupe-vent jusque sous mon menton. Contre vents et marées, je prends la direction de l'école. Les bourrasques sont si fortes que j'ai l'impression qu'elles ne veulent pas que j'y aille...

À vrai dire, moi non plus.

Tant pis. Je donne mes ruades et fonce tête baissée dans l'ouragan de feuilles. Comme tous les matins, je longe le cimetière. Mes pantalons claquent au vent, mon passe-montagne est gonflé comme un ballon et mes roulettes dérapent sur les feuilles humides qui garnissent le trottoir. À tout moment, je risque le grand écart...

Mais je maintiens le rythme.

Soudain, butant contre une motte gluante, mon *skate* pique du nez. Emporté par mon élan, je patine comme je peux sur la surface glissante pendant que mon sac à dos bondit dans tous les sens. Tout à coup, une de mes semelles colle sur une plaque de béton. La tête la première, je m'étale dans la *sloche* visqueuse. Je glisse un peu sur le ventre, puis j'échoue sur le rebord du trottoir, la pointe du passe-montagne assez basse, merci.

Me relevant d'un bond, je me regarde. L'intérieur de mes gants est râpé jusqu'à la corde. Le devant de mon coupe-vent est tout bariolé aux couleurs de l'automne, une poche à demi arrachée, l'autre remplie d'une bouillie poisseuse. Un beau gâchis! En plus, deux crottes de feuilles mortes ornent le bout de mes espadrilles... J'ai dû retrousser les orteils en tombant.

Bourru, je relâche le lacet de mon passe-montagne et me «dézippe» afin de secouer mes vêtements et me débarrasser de toutes ces saletés. Je nettoie le dessus de mes chaussures, puis je gratte les semelles sur le rebord du trottoir. Enfin, je récupère ma planche, qui a capoté devant le cimetière. Les quatre roulettes en l'air, on dirait qu'elle a rendu l'âme. Le dessous ressemble à celui d'une tondeuse bourrée de gazon.

Je la retourne au-dessus de la rue. Je lui assène quelques coups pour dégager les mottes de feuilles. Au même instant, juste devant moi, le pneu d'un camion s'enfonce dans un nid de poule et le vide de toute sa bouillasse. La giclée me remonte en pleine face. Le capuchon plein d'eau, les cheveux trempés, je sens un filet glacé me couler entre les omoplates. C'est la douche froide... mais je «bouille»!

Les feuilles emportées par le vent s'amusent à se coller à mes vêtements mouillés. Je suis en train de me transformer en épouvantail.

Je reste là un moment, le moral lessivé et l'esprit en déroute. Qu'est-ce que je fais, maintenant? Tel un spectre égaré devant le cimetière, je décide que le mieux, vu mon état, c'est de retourner à la maison.

Tournant définitivement le dos à l'école, je me laisse emporter par le nordet.

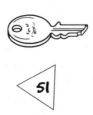

Je me retrouve bien vite devant chez moi. Je gravis les trois marches qui mènent à la porte d'entrée. Je pose ma planche sur la galerie. Décoré de feuilles mortes, j'ouvre mon coupe-vent et plonge la main sous mon chandail afin de prendre la clé de la maison, que je porte toujours là, comme un pendentif. Fébrilement, je cherche…

Rien!

«La corde s'est cassée quand j'suis tombé, tantôt!» je me dis.

Je soulève nerveusement mon chandail et j'ouvre le haut de mon pantalon, où elle aurait pu glisser. J'ai beau le secouer et en explorer le fond dans tous les sens… toujours rien!

Sale et trempé, enfermé dehors et obligé de retourner à l'école, je me «renculotte».

«Ça va ben, à matin!»

52

Après avoir caché ma planche sous la galerie, me revoilà sur le chemin de l'école, persuadé que rien de pire ne peut m'arriver.

Au moins, la pluie a cessé.

Mains dans les poches, passe-montagne rabattu en arrière, tête dans les épaules, j'avance en regardant le chemin défiler sous mes pieds. Devant le cimetière, je ralentis afin de scruter le trottoir. J'aimerais bien la retrouver, cette foutue clé.

Une à une, les feuilles se décollent de mon coupe-vent et quelques taches lumineuses se mettent à défiler sous mes yeux. Il y a des trous dans les nuages. Le soleil perce. On dirait qu'il veut m'aider à retrouver ma clé. Soudain, un éclat de lumière attire mon regard...

Ma clé! Mais sans la corde.

Quel coup de chance!

J'enfouis l'objet au fond de ma poche. Déjà, je sens que les choses reprennent un peu leur place. Ce sera peut-être une belle journée, finalement! Je décide donc de poursuivre mon chemin vers l'école...

Vraiment, il faut que j'aie retrouvé ma bonne humeur... et que je sois rempli d'optimisme!

Évidemment, avec tout ça, j'arrive en retard. Pas grave. Le ciel s'est ouvert sur un soleil radieux. Dans la cour déserte, les feuilles mortes commencent à se tortiller en séchant. Elles font de joyeux tourbillons. Le vent a tourné. J'espère qu'il a tourné pour moi aussi.

J'entre dans l'école. Petit détour chez la secrétaire pour obtenir mon billet de retard. Voyant l'état lamentable de mon coupe-vent, madame Binette me demande :

– Que t'est-il arrivé ?

– Tombé en planche.

– As-tu encore toutes tes dents ? se moque-t-elle, se rappelant l'accident qui m'a donné jadis un look d'enfer.

– Oui, oui, tout va bien. Regardez.

Je lui étale le plus large de mes sourires.

– Bon, d'accord, voici ton billet.

J'arpente un corridor vide. À mon crochet, je suspends mon coupe-vent et mon passe-montagne encore humide. Billet entre les dents, je traîne mon sac d'école jusque devant la porte de ma classe. Confiant, je m'apprête à cogner. Au même instant, la porte s'ouvre et mon poing me remonte dans l'œil.

– Ayoye!

Sous l'impact, je tombe assis au milieu du corridor. Pendant quelques secondes, je ne comprends pas ce qui vient de m'arriver. J'entends des cris qui s'éloignent. Je tourne la tête, juste à temps pour apercevoir une silhouette de Barbie... que je reconnais tout de suite... Justine!

« Encore en train de péter sa coche, celle-là! » je me dis.

Justine, c'est une des deux jumelles de ma classe. L'autre, c'est Clothilde. D'habitude, les crises de Justine me font rire, mais là, je ne la trouve pas drôle! Si je la revois, je lui fais avaler sa trousse de maquillage.

Je me relève, encore ébranlé, et me penche pour ramasser mon billet de retard. À l'instant même, la porte s'ouvre de nouveau et me percute le dessus du crâne...

– Ayoye! je crie, prêt à bondir dans la face de...

Ma prof! La pire, vous savez. Esther Taillefer. « E.T. » pour les initiés, à cause de sa ressemblance avec un extraterrestre en plastique qu'on a vu au cours d'anglais dans un vieux film de science-fiction. Heureusement, je me suis arrêté juste à temps quand je me suis vu, tout petit et en double, dans les fenêtres de ses lunettes panoramiques.

– Yohann! susurre-t-elle entre les lèvres de sa petite bouche sans menton. Que fais-tu là?

– J'essaie d'entrer, je réponds, mais la porte veut pas pantoute.

– S'il te plaît, surveille ton langage. En plus, tu es en retard. Lève-toi et montre-moi ton billet.

– Oui, m'dame, voici.

Derrière les vitrines qui lui couvrent toutes les joues, ses yeux scrutent longuement le petit papier. J'ai amplement le temps de chercher à comprendre comment elles tiennent, ces grandes lunettes-là. Le nez d'E.T. est si minuscule. On dirait qu'elle a juste deux trous pour les narines.

Soudain, tel un périscope de sous-marin, la tête d'E.T. s'élève d'un pouce. Dans le même mouvement, les deux lorgnettes focalisent sur moi. J'ai l'impression d'être examiné comme un microbe.

Sur le dessus de sa coiffure luisante se reflète toute la lumière du corridor. C'est fascinant. Si ça continue, je vais «pogner le fixe», comme quand elle parle trop longtemps en classe. Mais là, c'est le contraire. Elle ne dit rien. Alors, j'ose :

– J'peux entrer ? M'excuse pour mon retard. Tout va mal, à matin.

– Je vois.

– Vous voyez quoi ? je demande, intrigué.

– Ton œil…

– Mon œil ?

– Il est rouge et commence à enfler. Tu as encore fait des acrobaties en planche à roulettes, c'est ça ?

– Non, non, m'dame Taillefer ! C'est Justine qui m'a ouvert la porte en pleine face. J'me suis maudit mon poing dans l'œil.

– Yohann !

– M'excuse, m'dame.

Mais je ne peux m'empêcher d'ajouter:

– N'empêche que j'ai failli péter ma coche!

– Yohann!

– J'veux dire que j'étais TRÈS fâché contre Justine.

– Bien. Maintenant, tu vas retourner voir la secrétaire. Il faut soigner cet œil.

On ne discute pas avec E.T.

Sans un mot de plus, je m'en retourne et je l'abandonne au milieu du corridor. Au passage, j'accroche mon sac à mon crochet. Tel un zombi, je me dirige vers le secrétariat. Je m'approche prudemment de la porte... TRÈS prudemment. Vous comprenez, je me méfie des portes, maintenant. De l'autre côté, j'entends Justine qui trépigne sur ses talons hauts:

Tac! Tac! Tac! Tac! Tac!

Elle crie comme une forcenée:

– Le maudit! R'gardez c'qu'i m'a faite!
– *Tac! Tac! Tac!* – J'capote. Pis en plus,
toute la classe l'a lue! De quoi j'ai l'air,
moi, han? Une vraie folle! – *Tac! Tac! Tac!*

Elle est vraiment très fâchée.

– Calme-toi, Justine, supplie la secrétaire Binette. Tout va s'arranger…

– Y'aurait pu la cacher, au moins!
Mais non! Pantoute! – *Tac! Tac! Tac!* – Il
l'a laissée traîner sur ma table, comme
ça, le maudit niaiseux! – *Tac! Tac! Tac!*
– J'vais y arracher la tête!

Je ne voudrais pas être à la place du
gars qui lui a fait ça.

– Justine! Où vas-tu?

Tac! Tac! Tac! Tac! Tac!

Devant moi, la porte du secrétariat s'ouvre et le battant percute violemment le mur à côté. Celle-là, je suis content de l'avoir évitée.

Dans l'ouverture, Justine s'est arrêtée en me voyant. Elle a le visage barbouillé de maquillage. D'une main, elle tient une feuille toute froissée. De l'autre, sa sacoche. Sa chevelure, d'habitude impeccable, ressemble à celle d'un punk électrocuté. Soudain, elle lâche un cri et moi, paralysé, je ne vois pas venir la sacoche...

Clang!

En plein sur le côté du crâne!

Là, excusez-moi, il y a un petit bout que je ne peux pas vous raconter parce que, pendant une fraction de seconde, je me suis retrouvé dans les pommes. Mais je me rappelle clairement le bruit –

Clang! – comme des produits de beauté qui se fracassent à l'intérieur d'une poche...

À moins que ce soit à l'intérieur de mon crâne.

Une main sur la joue, je retrouve mes sens. La folle a disparu. À la place, madame Binette me demande si je vais bien.

– Euh...

Je ne suis pas encore capable de réfléchir clairement.

– Je n'ai pas pu la retenir, me dit la secrétaire, comme pour s'excuser. Elle est partie comme une balle.

– Quoi? La sacoche?

– Non, Justine.

– Écoutez, m'dame, si vous êtes d'accord, je vais rentrer chez nous. Je suis un peu étourdi, là.

– Pas question! s'exclame la secrétaire. Regarde-toi. Tu commences à avoir tout le côté du visage enflé. En plus, ton œil, il est en train de bleuir.

Et madame Binette de poursuivre:

– Tu entres là, à côté, dans la salle de bains du personnel, et tu te fais des compresses d'eau froide avec les papiers essuie-mains. Voici la clé. Après, tu reviens me trouver au bureau et on décidera de la suite de ta journée…

La suite de ma journée ? Je n'ai pas hâte de la connaître, moi, la suite de ma journée !

Renfrogné, je saisis la clé et pénètre dans les toilettes. Devant le miroir, pas besoin de me regarder longtemps pour évaluer les dégâts. On dirait que je sors d'un dur combat de boxe.

Je me remplis les mains d'eau froide, j'y plonge la face, ce qui me refroidit un peu. Soudain, j'ai l'impression que toute cette histoire n'a plus d'importance...

Mais soyons prudent. Le pire est peut-être à venir.

Enfin, quelque peu apaisé, je représente mon visage trempé au miroir. J'estime que j'en ai pour quelques jours avant de retrouver ma bouille normale. Je m'essuie en vitesse, je sors des toilettes et je décide de m'en retourner chez nous. Tant pis pour l'école ! Je glisse la clé sous la porte du secrétariat et file à mon crochet. Là, je revêts mon coupe-vent tout sale et j'abandonne mon passe-montagne, ainsi que mon sac d'école. Sur la pointe des espadrilles, je file vers la sortie. Soudain, une silhouette s'interpose.

Je fige sur place. C'est une fille. Malgré le contre-jour, je la reconnais :

– Clo! je m'exclame.

C'est Clothilde! La sœur jumelle de Justine. On s'aime bien, Clothilde et moi. Il nous est arrivé de belles histoires ensemble. On a même failli s'embrasser deux fois. Mais là, j'ai des doutes...

Elle s'approche rapidement, d'un pas décidé. À cause du contre-jour, je n'arrive pas à lire l'expression de son visage. Me sourit-elle, comme chaque fois qu'on se croise? Difficile à dire. Je reste là, un sourire niais aux lèvres.

Soudain, je vois qu'elle a l'œil en feu. Me trouvant sur sa route, elle me pousse de côté et poursuit son chemin sans un mot...

Je suis stupéfait.

Pas de porte en pleine face! Pas de coup de sacoche sur le crâne! Rien de tout cela. Mais pire. Bien pire...

Me voilà rejeté. Rejeté par Clo, par-dessus le marché!

Mais qu'est-ce que j'ai fait?

Je retourne chez nous. Je ne me sens pas bien du tout. Il a beau faire un soleil radieux, je botte toutes les feuilles d'automne qui jonchent le trottoir. La petite poussée de Clo dans le corridor de l'école, je la ressens encore. Elle me fait mal au cœur. J'ai l'impression de vivre une sorte de peine d'amour.

Je longe le cimetière sans m'en apercevoir. Rendu chez nous, c'est décidé, je me couche! Comme ça, il ne m'arrivera plus rien. Je gravis les marches et me retrouve sur la galerie. Devant la porte, je sors ma clé et l'enfonce dans la serrure...

Elle ne tourne pas!

J'ai beau secouer la porte, tordre la poignée dans tous les sens, rien à faire. Enragé, je force la clé et... *ping!*

Cassée dans la serrure!

Je regarde le bout qui reste.

La clé des toilettes de l'école!

Je me ressaisis.

Non! Ce n'est pas ça qui va m'empêcher de rentrer chez nous!

Je saute par-dessus le garde-fou. Je contourne la maison. La porte arrière aussi est verrouillée. Je vérifie les fenêtres, qui se révèlent toutes impossibles à ouvrir de l'extérieur. Même celles du sous-sol, sous la galerie, sont solidement fermées.

J'aperçois alors mon *skate* que j'avais caché là...

Au point où j'en suis...

Je saisis ma planche et fracasse un carreau. Avec précaution, j'écarte les éclats de verre et saute dans le sous-sol.

Silence.

Je monte dans ma chambre. Même si midi approche, je n'ai pas faim. Finalement, trop énervé pour me coucher, je saisis ma guitare pour «piocher» un peu. Mais ça ne fait que m'exciter davantage. Alors, je sors les dernières feuilles que m'a données madame Élyse, mon prof de musique. Je les dispose sur mon lutrin. Puis, je m'assois sur le bord de mon lit pour répéter la courte pièce qu'elle m'a proposée récemment: *Is there anybody out there?* de Pink Floyd.

Un petit morceau pas trop difficile. Sans paroles. Les seuls mots, c'est le titre... qui me convient parfaitement. Parce que non, là, vraiment, pour moi, il n'y a plus personne. La pièce dure à peine quelques minutes. Je la joue une dizaine de fois. À la fin, j'ai l'impression que c'est ma guitare qui implore: *Is there anybody out there?*

Soudain, le téléphone!

Le cœur battant, je laisse sonner un peu.

L'école me cherche, c'est certain...

Qu'ils aillent au diable! Je ne réponds pas.

L'appareil se tait enfin.

Mais je n'aime pas le silence qui suit. Si je ne rentre pas à l'école, tout le monde va s'énerver et ça va encore aggraver mon cas... et franchement, c'est assez pour aujourd'hui !

J'enfile mon coupe-vent tout bariolé aux couleurs de l'automne et je reprends le chemin de l'école. Mains dans les poches, j'arpente à nouveau le trottoir qui passe devant le cimetière.

Résigné, je me dirige vers la suite de ma journée.

Dans la cour, c'est la récréation. Je la traverse en bougonnant.

Juste avant de pénétrer dans l'école, j'entrevois Kathy, à côté de la porte, qui me regarde, l'air désolé. Je m'arrête un peu devant elle. De chaque côté de sa tête, ses imposantes tresses noires semblent plus lourdes que jamais. On les dirait accablées par ce qui m'arrive.

Kathy, je l'aime bien. Elle aussi est dans ma classe. À cause de sa face de lune et de ses éternelles tresses, elle est souvent toute seule... comme moi, là, maintenant.

Apaisé par son attitude bienveillante, je lui souris, comme pour la remercier de ne pas être une Justine... puis j'entre dans l'école. Je me dirige vers le secrétariat pendant que, dehors, la récréation se poursuit comme si je n'existais pas. Brandissant une clé, madame Binette me lance:

– Je crois que ceci t'appartient.

Sans un mot, j'empoche la clé de la maison.

– Et la clé des toilettes, tu veux bien me la rendre?

– Je l'ai cassée dans la serrure, chez nous.

– Ça ne va pas bien, aujourd'hui, hein ?

– Comme vous dites.

– Mais tu t'en tires avec un œil au beurre noir et une joue enflée. Ça pourrait être pire.

– C'est pire, je dis en pensant à Clo.

Là-dessus, elle se tait.

– Qu'est-ce que je fais, moi, maintenant ? je demande.

– Je te conseillerais d'aller t'asseoir en classe et de laisser se terminer la journée sans bouger. Qu'en penses-tu ?

Vu que je ne pense rien, je m'en retourne vers mon crochet, où je récupère mon sac d'école. Puis j'entre dans ma classe.

Elle est vide. Je m'assois à ma place, en avant, juste en face du bureau d'E.T., dont la tête a légèrement oscillé à mon arrivée. Puis le périscope à lunettes s'est replongé dans la correction de nos cahiers.

Sans un mot, tous les deux, nous attendons la fin de la récréation et le retour des élèves. J'appréhende l'arrivée des jumelles. Soudain...

Pin! Pon! Pin! Pa-hon!... Pa-hon! Pin! Pin! Pa-hon!...

L'école est envahie par un flot d'éclats de voix. Dans le brouhaha habituel, la classe se remplit d'élèves. Du coin de l'œil, je les observe. La dernière, c'est Kathy, qui me sourit, les tresses toujours basses.

Les jumelles ne sont pas là! Ouf! Il ne me reste plus qu'à endurer E.T. Selon l'horloge, il reste 60 minutes à cette journée d'enfer.

Déjà, la prof nous distribue nos cahiers afin de nous mettre sous le nez nos fautes dans la dernière dictée.

– Sortez vos crayons rouges pour la correction! lance-t-elle froidement.

Je plonge ma main dans mon sac afin de prendre mon étui. Je tombe sur une feuille pliée en deux.

Je l'ouvre.

En haut, c'est écrit «Yo».

En bas, c'est signé «Clo»!

Du coup, je rougis et mon cœur s'emballe. Je sens ses battements jusque dans l'enflure de ma joue. Même la paupière de mon œil bleu se met à trembler. J'ai peur de cette lettre.

Évitant d'être vu par E.T., je replie la feuille et j'entreprends l'heure la plus longue de ma vie. De temps à autre, je fais semblant de corriger quelque chose. Mais je ne pense qu'à cette lettre, et j'imagine le pire : Clo, qui ne veut plus rien savoir de moi à cause de ce que j'ai fait...

Si au moins je savais quoi!

N'en pouvant plus, je rouvre enfin la lettre et l'ajuste par-dessus mon cahier, comme une page supplémentaire. Puis, crayon rouge entre les doigts et main tremblante, je lis :

Yo,

J'aurais voulu te parler ce midi, mais t'étais parti chez toi, j'pense. M'excuse de t'avoir poussé dans le corridor. Je pensais

juste à ma sœur. Elle vit une grosse peine d'amour. C'est pour ça que t'as reçu la porte de la classe en pleine face, pis un coup de sacoche sur le côté de la tête.

Laisse-moi t'expliquer.

Son dernier chum, un gars du secondaire, vient de la laisser tomber. Le pire, c'est qu'il lui a écrit une lettre de rupture. Une lettre de bêtises, je devrais dire. En plus, comme un lâche, il a demandé à son p'tit frère de troisième année de la lui donner. Imagine-toi que le petit morveux, il a ouvert l'enveloppe pour la lire et il l'a laissée comme ça, ouverte, sur la table de ma sœur, en pleine classe!

Deux filles ont trouvé la lettre avant elle et se sont mises à rigoler en la lisant. Quand ma sœur s'en est aperçue, elle leur a arraché la lettre et elle l'a lue à son tour. C'est là qu'elle est sortie de la classe et qu'elle t'a assommé dans le corridor...

Même chose avec sa sacoche en sortant du secrétariat.

Tu comprends, ce matin, Justine était tellement fru qu'elle voulait assommer tous les gars qui se trouvaient sur son chemin. T'as pas eu de chance. Tu t'es retrouvé deux fois sur sa route.

Ce midi, elle s'est calmée un peu et elle m'a tout raconté en pleurant. Elle regrette son coup de sacoche... pas à cause des produits de beauté qui ont explosé dedans, non, elle regrette vraiment.

Alors, vu que t'es pas là, je t'écris ce petit mot pour elle...

Pour moi aussi.

Je vais le mettre dans ton sac d'école, qui est encore accroché dans le corridor, j'pense. Cet après-midi, j'accompagne Justine chez nous. Nos parents et madame

Binette se sont mis d'accord au téléphone. Justine va se coucher, pleurer un bon coup, puis s'endormir...

Et oublier, j'espère.

En tout cas, toutes les deux, on s'excuse, han.

On se revoit demain, O.K.?

Clo

Les yeux rivés sur la jolie signature, je ne bouge plus.

Oh, oui, Clo! C'est O.K. On se revoit demain!

Au bout d'un long moment, je lève la tête et je m'aperçois, tout petit et en double, dans le reflet des lunettes d'E.T., avec mon œil bleu et ma joue enflée. Je souris béatement. Elle me sourit aussi.

Puis je me retourne vers la classe et mon regard tombe sur la face de lune de Kathy, dont les tresses se sont retroussées un peu, on dirait...

En tout cas, c'est certain, elles pendent moins tristement.

Puis, soudain...

Pin! Pon! Pin! Pa-hon!... Pa-hon! Pin! Pin! Pa-hon!...

Fin de la journée.

Méchant lundi!

DAPHNÉ

La poussée m'a envoyée valser à travers la chambre, le bureau a stoppé mon élan, je me suis cogné la tête et j'ai vu des étoiles.

Au fond, si ma sœur Désirée avait mis son chandail rouge ce fameux lundi, rien ne serait arrivé. Sur le coup, on n'a pas vu le lien, mais plus tard, quand on a essayé de reconstituer la suite des événements, on a compris : à la minute où ma sœur Désirée a décrété, ce matin-là, qu'elle ne porterait pas son chandail rouge pour aller au cégep, tout ce qui est arrivé *devait* arriver.

Elle était dans sa chambre, vêtue d'une camisole pourpre et de collants mauves, et se demandait quoi porter. C'est le genre de question qui préoccupe ma sœur. Pour une raison inconnue, le rouge n'avait pas la cote ce jour-là, alors elle a mis sa commode à sac pour trouver autre chose. Comme aucun chandail ne convenait, elle a fait ce qu'elle fait toujours en pareille circonstance, elle est venue rôder autour de ma chambre en espérant que je n'y sois pas, pour « emprunter » un des miens. Ma sœur a beau rire de ma façon de m'habiller, cela ne l'empêche pas de fouiller dans mes affaires quand elle en a assez des siennes. La dernière fois que j'ai prêté un chandail à Désirée, je l'ai retrouvé en loques au fond de la poubelle, sous trois couches de déchets domestiques. « Il était fini, Daphné. Tu gardes tes vêtements trop longtemps. »

Depuis, je ne lui prête plus rien.

Avec son habituelle délicatesse, elle a poussé la porte de ma chambre comme si c'était une auberge, une Caisse populaire ou le Colisée Pepsi. Or, il se trouve que j'étais justement derrière la porte, courbée en deux, en train de lacer mes bottines. J'étais en retard et je m'empêtrais dans mes nœuds, en ronchonnant sans doute un peu.

La poussée m'a envoyée valser à travers la chambre, le bureau a stoppé mon élan, je me suis cogné la tête et j'ai vu des étoiles. Une fois à terre, 17 des 19 volumes de mon encyclopédie sur les reptiles dinosauriens, qui reposaient en équilibre très instable sur le bureau en question, me sont tombés dessus et j'ai été ensevelie sous 15 kilos de dinosaures. Quand j'ai réussi à émerger, mon visage était poisseux. Je saignais du nez ou de la bouche ou des deux. Devant moi, Désirée me fixait, la bouche ouverte, en vacillant sur ses hauts talons. J'allais lui crier : « On frappe avant d'entrer ! », quand elle s'est effondrée à mes pieds.

Allons bon! C'est moi qui m'assomme et c'est elle qui perd connaissance!

Encore étourdie, je me suis penchée vers elle et je l'ai secouée.

– Hou-hou, Désirée! Réveille-toi! C'est moi, Dracula.

Le sang continuait à couler. Un filet mince et continu qui tachait mon t-shirt blanc et la camisole de Désirée.

On a sonné à la porte.

Je me suis levée tant bien que mal et je suis descendue ouvrir. Fulvio est entré en coup de vent. C'est le petit ami de Désirée. Il vient la chercher chaque matin pour l'emmener au cégep.

– Désirée est prête?

Puis, il m'a regardée.

– Qu'est-ce qui t'arrive?

L'horreur qui se lisait dans ses yeux en disait long sur mon aspect.

– Tu t'es disputée avec Désirée?

– Pas du tout. C'est elle. Elle est entrée sans frapper dans ma chambre et je me suis...

– Vous vous êtes sûrement disputées.

– Ben oui, si tu veux le savoir. Et j'ai eu le dessus. Moi, je m'en tire avec des blessures légères, mais elle...

Il ne bronchait pas, seuls ses yeux épouvantés bougeaient, passant de mon visage à mon t-shirt maculé et de mon t-shirt maculé à mon visage.

– Où est-elle?

– En haut, dans les pommes.

Il a jeté un coup d'œil à sa voiture, une Chevrolet datant du siècle dernier et retapée à grands frais, paraît-il. La carrosserie est jaune, les ailes sont rouges et les portières bleues comme les cheveux de ma sœur. Le moteur tournait toujours parce que l'engin est capricieux, surtout au démarrage. Fulvio évite d'éteindre le moteur quand ce n'est pas absolument nécessaire. Après un dernier regard pour le deuxième amour de sa vie, donc, Fulvio a escaladé l'escalier à la vitesse grand V.

– Désirée, Désirée, c'est moi, Fulvio. Parle-moi, je suis là, parle-moi...

Il était penché vers elle et tapotait frénétiquement sa main gauche. Je n'ai jamais vu personne reprendre connaissance en se faisant tapoter la main gauche.

– Ça marchera pas, ai-je fait remarquer. Elle est du genre Belle au bois dormant, ma sœur. Si tu veux pas attendre cent ans pour qu'elle se réveille, il faut l'embrasser au plus coupant.

Ou il n'osait pas s'exécuter en ma présence ou il n'avait pas lu Perrault, toujours est-il qu'il restait là sans rien faire, la main inerte de Désirée dans la sienne. Je suis allée dans la salle de bains et j'en suis revenue avec un plein verre d'eau que j'ai versé sur la tête de ma sœur. Elle s'est redressée d'un coup.

– Tu saignes, a-t-elle hoqueté en me fixant avec dégoût.

– On se demande bien pourquoi.

– Vous vous êtes disputées ? a demandé Fulvio.

– Désirée, ai-je soupiré, peux-tu expliquer à Fulvio que j'ai seulement été attaquée par un bureau et une bande de dinosaures ?

Soudain, on a entendu crisser les pneus d'une voiture. J'ai couru jusqu'à la fenêtre et j'ai eu le temps d'apercevoir le bolide multicolore de Fulvio qui démarrait sur les chapeaux de roues.

– J'ai une mauvaise nouvelle, Fulvio : tu viens de perdre ton carrosse.

Il m'a regardée sans comprendre.

– ON VIENT DE VOLER TA VOITURE, ai-je traduit.

Il s'est tourné vers Désirée, avec l'air de se demander ce qu'il fabriquait à genoux devant une fausse princesse même pas endormie. Trois secondes plus tard, il dévalait l'escalier encore plus vite qu'il l'avait monté, ce qui, soit dit en passant, illustre bien l'échelle des valeurs du copain de ma sœur.

– Zut et rezut! gémissait-il.

Il s'est rué sur la porte et s'est élancé dehors, gesticulant, agitant les bras en tous sens, comme si cela allait ramener les voleurs. Et comme ce n'était pas un lundi comme les autres, l'histoire ne s'est pas arrêtée là. Le petit Errol, le fils du deuxième voisin de gauche, qui vient de renoncer au tricycle et essaie de peine et de misère de tenir sur une bicyclette, eh bien le petit Errol fonçait droit sur nous sur sa bécane rouillée trop grande pour lui. Ivresse de la vitesse ? Méconnaissance du principe de freinage ? Toujours est-il qu'il n'a pas ralenti d'un poil. Les yeux agrandis par l'horreur, il a percuté le pauvre Fulvio qui a percuté, à son tour, la borne d'incendie qui n'avait pas eu le temps de décamper.

Le petit Errol a chuté, la bicyclette lui est retombée dessus et on l'a entendu hurler jusqu'en Abitibi. Quand Fulvio s'est relevé, la tronche qu'il arborait était, à quelques détails près, une fidèle copie de la mienne : nez sanguinolent, front agrémenté d'une prune, lèvre fendue. Ça a été plus fort que moi, je me suis approchée:

– Vous vous êtes disputés, Désirée et toi?

Désirée est arrivée. En apercevant Fulvio, elle a tourné de l'œil et s'est évanouie pour la seconde fois.

– Appelle la police, Daphné! a rugi Fulvio en se tamponnant le nez avec un mouchoir.

Entre-temps, le père du petit Errol était accouru et s'efforçait de dégager l'enfant de sous la ferraille.

– Qu'est-ce que vous fichiez au beau milieu du chemin? a-t-il grogné à l'adresse de Fulvio.

– La rue est à tout le monde, monsieur!

En apercevant Fulvio, Errol a recommencé à brailler.

J'ai composé le 9-1-1 en expliquant qu'on venait de voler une voiture, sans préciser le reste, à savoir que le moteur de ladite voiture tournait sans personne à l'intérieur, et sans mentionner les couleurs de la voiture qui, soit dit en passant, sont une pure provocation pour un voleur en puissance.

Ils sont arrivés deux minutes plus tard, un gros et un petit. Le gros avait tout l'air d'être le mentor du petit, blondinet à lunettes, avec des mains courtes et blanches. Fulvio est allé au-devant d'eux pour expliquer la situation. Ils écoutaient à peine, fixaient plutôt la scène sans rien dire, en essayant de faire le rapport entre une voiture volée, deux blessés, un enfant chignant et une inconsciente étendue par terre, à moitié habillée.

– Et ça ? a fini par lâcher le mentor en montrant la combinaison pourpre et les collants mauves.

– Oh ça, c'est rien, ai-je répondu. C'est juste ma sœur. Elle ne supporte pas la vue du sang.

Il hochait la tête, perplexe.

– Et le sang, il vient d'où?

– De nos nez, de nos bouches...

– Non, je veux dire, qu'est-ce qui a provoqué l'afflux sanguin?

– Oh! Un petit accident de rien du tout. Figurez-vous que je suis tombée...

– Moi, je pense vraiment qu'elles se sont disputées, a marmonné Fulvio.

Ce qui a attiré sur lui l'attention.

– Vous êtes tombé, vous aussi? a raillé le mentor.

– Si on s'occupait de ma voiture?

– Ce... cesssssss... ce serait pas plutôt une chicane da... da... d'amoureux?

est soudain intervenu le blondinet en s'avançant vers notre petit groupe, petit groupe qui, entre-temps, avait grossi.

Des voisins sortaient et s'approchaient pour voir ce qui se passait. Le mentor nous a regardés, Fulvio et moi.

– Non, non, ai-je corrigé. L'amoureuse, ce n'est pas moi, c'est ma sœur.

Tous les regards ont convergé vers le sol. Celui du mentor est remonté vers moi aussi vite.

– Alors pourquoi vous êtes blessée, *vous* ?

– L'arbitre en moi a essayé de s'interposer.

Il s'est gratté la tête. Tout cela troublait l'organisation de sa journée. Quelque chose clochait, mais quoi ?

Alerté par le bruit, Hector est sorti, les battoirs en l'air, accompagné de Solange qui partage avec son maître une méfiance certaine pour l'uniforme. Hector est le concierge de l'immeuble voisin de chez moi et Solange est sa chienne. C'est aussi un solide gaillard au grand cœur, prêt à sauver des vies même quand cela n'est pas absolument nécessaire. Percevant l'extrême tension de son maître, le peloton de voisins rassemblés, sans doute aussi le sang et ma sœur inerte par terre, Solange s'est précipitée sur ce qu'elle estimait être les coupables, c'est-à-dire les personnes en uniforme, en un mot, les policiers.

Pour une raison inconnue, elle s'en est d'abord prise au blondinet à lunettes.

– Al... Al... allons bon! a éructé ce dernier, qui avait vu venir la chienne et se cachait honteusement derrière son mentor.

Il n'en fallait pas plus pour exciter Solange qui, comme je l'ai mentionné (ou non, je ne sais plus), est un animal au grand cœur, prêt à sauver des vies même quand cela n'est pas absolument nécessaire.

Elle a pris son élan et s'est ruée sur le jeunot, qui s'est recroquevillé en petit tas pitoyable seulement protégé par son bras levé très haut dans un ultime effort de survie. Solange a planté ses crocs dans le bras et elle est restée là, suspendue à un mètre du sol, comme si elle venait de sauver la Terre d'un redoutable envahisseur.

– Qu'est-ce qui se passe ici? a grogné Hector, sans porter la moindre attention à son chien.

– Hector... ai-je murmuré en désignant Solange de la tête.

Et là, il m'a vue.

– Qui t'a fait ça, Daphné?

– C'est rien, Hector. Je suis tombée et je me suis frappée, c'est tout.

– Ah bon? a fait le mentor. Et la chicane d'amoureux, alors? L'arbitrage?

Il s'exprimait posément, sans un regard pour son protégé, comme s'il était normal qu'une bestiole de 13 kilos pende au bras d'un policier.

– Chicane d'amoureux? a demandé Hector. Quels amoureux?

Puis il a vu Fulvio.

– T'es amoureuse de lui, Daphné ?

– Hector…

– C'est pas une raison pour l'assommer, Daphné. On frappe pas plus faible que soi, tu devrais le savoir. Et puis, a-t-il ajouté en lorgnant les deux policiers, c'était pas nécessaire d'alerter la police. Tu aurais dû m'appeler, *moi*.

– TA CHIENNE, Hector ! Décroche ta chienne !

Le mentor a réagi le premier. Voyant Solange et comprenant qu'elle n'en démordrait pas, c'est le cas de le dire, il l'a saisie à bras-le-corps et il a tiré. La mâchoire de Solange a raffermi son étreinte.

– OUCH ! a hurlé le mordu.

Les crocs venaient de percer le tissu et de toucher la chair. Hector est intervenu. Il a soulevé Solange et l'a décrochée, sans plus d'effort que s'il avait décroché un manteau d'une patère. Les deux policiers examinaient la manche percée en secouant la tête.

– L'af... l'affaire se complique, a déclaré le jeune. Sssss'attaquer à une force de l'ordre, même une jeune force, çççççça se fait pas!

Et comme personne n'avait l'air d'abonder dans son sens, il s'est tourné vers Fulvio.

– Nous di... d... disions donc?

– Ma voiture a été volée.

– Vous... vous habitez ici?

– Non. Je venais chercher Désirée pour la conduire au cégep.

– Dans la voiture vol... vol... volée?

– Elle-même.

– Vous... vous... vous... êtes donc arrivé sur les lieux du crime et, si je com... si je comprends bien, vous... vous... vous avez commencé à vous ch... ch... chicaner?

Il était tout content, comme s'il venait de reconstituer une affaire compliquée. Il s'est tourné vers son chef, un sourire éblouissant aux lèvres.

– Et puis... et puis-je vous demander si vous avez vu les vol... les voleurs?

– Non.

– Ç'aurait été surprenant, a marmonné le gros policier. Accouche, Armand! On n'a pas toute la journée.

– Par... parlez-moi de votre voiture, monsieur. Monsieur?

– Ouimet. Fulvio Ouimet.

– De quelle... quelle marque est la voiture? Était, de... devrais-je dire.

Grand sourire, encore. Il avait l'air de vraiment s'amuser.

– Chevrolet 1991, a articulé sombrement Fulvio.

Le jeunot a fait une drôle de bobine.

– Alors, cccccccc'est peut-être une ch... une ch... une chance qu'on l'ait volée, pas vrai?

Il a éclaté de rire, Fulvio fulminait.

Et, comme un malheur n'arrive jamais seul, Désirée a ouvert les yeux à ce moment, sans doute délogée de sa bienheureuse inconscience par le petit Errol accroupi à côté d'elle et qui n'arrêtait pas d'éclater en sanglots bruyants chaque fois que Fulvio prenait la parole. La nébulosité du regard a peu à peu cédé la place à la compréhension intelligente. Moment émouvant. Puis, ma sœur a aperçu la petite foule.

– Vous êtes tous là, a-t-elle murmuré en esquissant un assez beau sourire.

Elle s'est étirée longuement, paresseusement, la camisole pourpre et les collants mauves en ont fait autant, elle avait l'air ravi d'une princesse qui découvre à son réveil que l'univers est revenu à sa place, c'est-à-dire à ses pieds.

– DÉSIRÉE ! s'est écrié Fulvio en se précipitant sur ma sœur.

Nouvel accès de larmes chez le petit Errol. Fulvio serrait Désirée contre lui dans une étreinte hyperpassionnée. Les deux policiers fixaient leurs chaussures, le groupe a soupiré. Hector me regardait d'un air consterné.

– Laisse tomber, Daphné. Tu vois bien que c'est ta sœur qu'il aime, pas toi. Oublie-le, y en aura d'autres, t'en fais pas.

– Tu saignes, a grimacé Désirée en repoussant l'infortuné Fulvio.

Puis, sans la moindre transition :

– J'ai froid.

Frissons, légers mouvements de repli, soupirs. Ma sœur n'a pas son pareil pour se transformer en glaçon fragile quémandant réconfort et chaleur. Il n'en fallait pas plus pour réveiller la fibre chevaleresque chez les deux forces de l'ordre, la grosse et la petite. Le blondinet s'est débarrassé illico de sa veste percée pour l'étendre sur ma sœur. Solange léchait la joue gauche de Désirée avec une touchante conviction. Le gros flic souriait, Hector écrasait une larme.

– Beurk ! a fait ma sœur, ce qui a remis les choses en perspective, même si on ne savait pas trop si l'interjection visait Solange ou l'uniforme lacéré.

Hector a rappelé Solange, Fulvio a couru jusqu'à la maison, fantassin volant au secours de sa belle qui gèle.

– C'est beau, l'amour, a soupiré Hector en prenant l'assistance à témoin.

– Il... il... il fffffaudrait peu... peut-être se lancer à la pou... poupoursuite des voleurs, a suggéré le petit au gros.

– Peu... peut-être, a approuvé le gros.

Mais l'ange aux pieds d'argile est revenu à cette minute. La main armée d'un étincelant chandail rouge tomate, il a couru vers notre petit groupe et en a amoureusement recouvert ma sœur.

Normalement, les choses se seraient arrêtées là. Désirée aurait revêtu le chandail et tout aurait été dit. Mais nous étions lundi et ce lundi-là n'était décidément pas un jour normal.

– AH, NON! s'est exclamée Désirée. PAS LE ROUGE!

On aurait cru que Fulvio venait de déverser sur elle une pleine cargaison de fumier nauséabond ou de crottin de cheval. PAS LE ROUGE! Des dizaines de paires d'yeux ont convergé vers elle, incrédules. Je dois avoir été la première à comprendre et ceux qui connaissent ma sœur auront également compris. Pas le rouge, cela veut dire pas le rouge. Il n'y a pas de discussion possible. Quand Désirée décide qu'un vêtement ou une couleur ne peut convenir, cela ne convient pas. Fulvio et moi étions amochés par sa faute, par sa faute une voiture avait été volée, une bicyclette avait rendu l'âme, un enfant reniflait et deux policiers continuaient à faire le pied de grue devant la maison, mais ne pas porter, pas aujourd'hui, un vêtement rouge était une question de vie ou de mort.

L'incroyable s'est alors produit. Au lieu de se révolter, d'appeler leurs confrères à la rescousse pour faire avaler à Désirée son chandail rouge et la faire enfermer à double tour, les deux policiers considéraient ma sœur d'un air compatissant.

– P... p... pas le rouge, a approuvé le jeunot. P... p... pas le rouge, p... p... pas de doute ! Pas aujourd'hui !

– Bien sûr que non, a renchéri le plus vieux. Le rouge ne peut pas aller.

Ce qui fait que Fulvio est bel et bien remonté. Oubliant sa fatigue, ses blessures et sans doute aussi sa voiture, il s'est lancé une seconde fois à l'assaut du trésor capable de contenter ma sœur qui, de temps à autre, oubliait de grelotter. Je suppose qu'il en faut, de ces êtres à l'âme généreuse qui ne reculent devant rien pour se faire aimer et se rendre ridicules.

Nous avons attendu. L'ange est réapparu, croulant sous une montagne de chandails, des jaunes, des violets, des roses, des kakis… L'héroïque Fulvio a déposé le tout aux pieds de sa belle, comme un trophée de guerre chèrement gagné. La belle n'a pas apprécié.

– J'en veux pas, de ceux-là. Celui que je veux, c'est le bleu.

Fulvio a ouvert toutes grandes ses deux mains.

– Pas de bleu, Désirée. J'ai fouillé partout, a-t-il ajouté en nous jetant un regard affolé. J'ai vidé tous les tiroirs. Pas de bleu.

Désirée s'est tournée vers moi.

– Daphné en a un, *elle*.

Immense soupir de soulagement dans l'assistance.

– Oh! Alors si Daphné en a un! se sont-ils écriés en chœur.

Cette fois, c'est moi qu'on regarde. Des dizaines de regards braqués sur ma personne, la plupart souriants, un vainqueur (Désirée) et un suppliant (Fulvio). Même Solange se range de leur côté. Elle vient fureter autour de mes mollets en jappant.

Mon chandail bleu, mon plus beau chandail. Mon chandail neuf jamais porté.

– Allez, Daphné, murmure Hector. Un beau geste.

– Ssssssssans compter que le bl… le bleu irait beaucoup mieux, oui.

– Cent fois mieux, approuve l'autre.

– Av… av… avec les cheveux bleus, le bleu vvvvva mieux, c'est certain.

J'ai repensé à mon chandail enseveli sous 20 centimètres de pelures de patates et de mouchoirs souillés. Il n'était pas question que je prête le bleu.

– Il n'en est pas question, ai-je dit.

Ma lèvre s'est rouverte et a recommencé à saigner. Tous les regards m'ont subitement lâchée pour se porter au secours de Désirée. Son visage soudain décomposé, les larmes qui tremblent un moment à la lisière des cils et tombent tout doucement l'une après l'autre, telles des perles de rosée matinale.

– Honnnnnn! s'est apitoyée l'assistance.

– Daphné, a marmonné Fulvio à mon oreille. Je te l'achète, ton truc. Ton prix sera le mien.

Je les ai regardés à tour de rôle.

– Je ne peux absolument pas prêter mon chandail bleu à ma sœur, ai-je déclaré très fort pour bien me faire entendre de tout le monde.

Suspense. Ma tête gravement baissée vers le sol.

– Je ne peux pas lui prêter mon chandail bleu parce que je comptais le lui offrir pour son anniversaire.

– HONNNNNN! a beuglé la galerie, le premier moment de surprise passé.

– Mais, bien entendu, tout est gâché. Par la faute de ma sœur, qui ne peut pas s'empêcher de fourrer son nez partout.

– HONNNNNN!

– Son anniversaire est dans trois semaines, ai-je à peu près sangloté. Je me faisais une joie de lui faire la surprise!

Remue-ménage. On vient près de moi, on m'entoure, me console. Une main sur mon épaule, une autre sur ma tête. On sort les mouchoirs, on tamponne ma lèvre, on me caresse le front. Sous son avalanche de chandails, Désirée n'est plus qu'un gros tas inerte, princesse ensevelie qui vient de perdre ses sujets.

Le mentor s'est raclé la gorge.

– Résumons-nous!

– Bonne... bonne... bonne idée, a fait l'autre, en sortant de sa poche un petit calepin tout neuf.

– Deux blessés...

– Légers, ai-je précisé.

– Une voiture volée...

– Volée, oui, s'est impatienté Fulvio.

Et c'est là que les choses se sont *vraiment* gâtées.

– Je pa... je papa... je parie que vous n'aviez pas éteint le mot... le moteur, a risqué le jeune. A... avec une antique... une antiquité pa... pareille, ce serait pas étonnant! Ça part pas à tous les coups, ces trucs-là.

Il hochait la tête, ravi.

– Des jeu... des jeunes ont dû en ppppprofiter pour pa... par... partir avec. Ils pa... ils partent vraiment avec n'importe quoi, les jeunes.

Fulvio est devenu blême. Une traînée de sang séchait paisiblement au bord de ses lèvres et lui faisait une moustache.

– Su... surtout si elle av... avait de drôles de cou... de couleurs. Des couleurs ppppas pppposibles comme celle que j'ai aperçue l'autre jour en fais... en faisant ma ronde...

Il s'est mis à rire au souvenir de l'engin, un rire silencieux qui plissait ses yeux et crispait ses lèvres.

– Un vieux ta... tacot bariolé, une Che... une Chevrolet justement, avec une car... une carrosserie jaune, des ailes rouges et des por... des portières bleues...

Il continuait à rire, plié en deux.

– Bleues com... com... comme les cheveux de mad... de mademoiselle, ici présente. Bleues com... com... le ch... le ch... le chandail de l'autre mad... mademoiselle ici présente.

Il suffoquait.

– ARMAND! est intervenu le mentor. Un peu de tenue, voyons!

– S'cusez, a fait le jeunot.

Il a sorti un mouchoir et s'est essuyé les yeux.

– Je veux seulement préciser que ce type de guim... de guimbarde ne vvva jamais bien loin. Elle doit av... avoir été abandonnée pas... pas loin. Qui... qui aimerait être vu dans... dans un machin pa... pareil ?

Fulvio n'a pas supporté. Il s'est écroulé dans le tas de chandails en sanglotant sur l'épaule de Désirée. Larmes et sang en ont profité pour se mélanger.

– Beurk, a fait Désirée, ce qui résumait à peu près ce que nous pensions tous de cette horrible journée.

Le blondinet s'est penché vers Fulvio, a déposé une main charitable sur son épaule.

– Con... consolez-vous, monsieur Oui... monsieur Ouimet. On va vous la retrouver, votre vieille chi... chignole. On s'at... on s'attache à ces petites bêtes-là, pas... pas vrai? Au fffffait, de quelle coucou... de quelle couleur était-elle, la vôtre?

Non, décidément, si Désirée avait mis son fichu chandail rouge, ce fameux lundi, rien de tout cela ne serait arrivé.

www.triorigolo.ca

Pour t'amuser à des jeux
originaux spécialement conçus
à partir du monde du Trio rigolo

Pour partager des idées et
des informations dans la section
Les graffitis

Pour lire des textes drôles
et inédits sur l'univers de chacun
des personnages

Pour connaître davantage
les créateurs

Et pour découvrir plein
d'activités rigolotes

Le Trio rigolo

AUTEURS ET PERSONNAGES :

JOHANNE MERCIER – LAURENCE
REYNALD CANTIN – YO
HÉLÈNE VACHON – DAPHNÉ

ILLUSTRATRICE : MAY ROUSSEAU

www.triorigolo.ca

Série Brad

Auteure : Johanne Mercier
Illustrateur : Christian Daigle

www.legeniebrad.ca